Como un rehén

Like a hostage

Como un rehén

Like a hostage

@_riverss_

Marina Rivera

mr

Ediciones Martínez Roca, sello editorial de Editorial Planeta, S. A.
Avda. Diagonal, 662-664, 08034 Barcelona
www.mrediciones.es
www.planetadelibros.com

Diseño de cubierta: Planeta Arte & Diseño
Ilustraciones de cubierta e interior: © Inés Jimm, 2021
Diseño de interiores: María Pitironte

Primera edición: octubre de 2021
Tercera edición: noviembre de 2021

ISBN: 978-84-270-4904-8
Depósito legal: B. 13.208-2021
Preimpresión: Safekat, S. L.
Impresión: Huertas, S. A.

Certificado PEFC
Este libro procede de bosques gestionados de forma sostenible y fuentes controladas
PEFC
PEFC/14-38-00305
www.pefc.es

El papel utilizado para la impresión de este libro está calificado como **papel ecológico** y procede de bosques gestionados de manera **sostenible**.

A mis padres, por aguantarme
y enseñarme tanto; a mi hermana, por
inspirarme; a mis amigos,
por hacerme reír hasta llorar;
y a ti, que me sigues, por hacerme tan
feliz. Te lo debo todo y este libro
también es para ti.

ESTE LIBRO ES TUYO,
ELIGE CÓMO DISFRUTARLO.

ÍNDICE

PRÓLOGO

Estas palabras que se amontonan con aparente sentido cuentan una parte de mi vida, de quién soy, de mi verdadero yo. Pero esta historia es a la vez un poco mía y un poco tuya: me mezclo con ficción para abarcar todas las realidades, para que aquí quepamos todos.

La protagonista de esta historia se pierde un poco en la mía, con pinceladas de ficción y verdades duras de tragar. Dejo a tu imaginación decidir qué forma parte de mi realidad y qué no. No espero que te guste este libro, sino que te quedes con un sentimiento agridulce, que te encuentres y te pierdas en mí.

Quiero que recorras este camino conmigo con el objetivo de que tal vez me comprendas, de que quizá te encuentres en él. Ojalá jamás te haya tocado vivir lo que relato, pero, si es así, quiero que sepas que no estás solo.

Te ofrezco un pedacito de mí, de mi historia, de mis fracasos, de mis aciertos y de quien soy detrás de la pantalla.

Lo puedes leer como quieras: ir al grano o perderte en un personaje y su rutinaria vida. Tú eliges.

En el índice encontrarás la guía. Te invito a aburrirte conmigo e ir poco a poco, aunque siempre puedes pasar de mí e ir a la esencia y el mensaje de este libro.

Espero no decepcionarte.

20 CIGARROS, UNA VIDA PA' OLVIDARTE

Somos eso que se apresura
sin detenerse. Ni un respiro.
Somos tiempo que transcurre,
lapso, plazo perdido,
somos parte del desastre
de la vida, del olvido.
Eres como ese cigarro pasado,
abatido, bornido, consumido.
Por favor,
no desaparezcas
en el humo gris de mi cigarro.
No firmes despedidas
con olor a tabaco.
No me dejes así,
medio apagada, humeante,
humeando,
consumiéndome entre tus labios.

Solo yo.

Reflejos

Suena el despertador a las 7:43, como cada mañana. Consigo semiabrir un ojo y una tímida luz vacila hasta acabar entrando de lleno en mi habitación. Me revuelvo en la cama tanto como el escaso tiempo que me doy para llegar mínimamente «puntual» a clase me permite, y consigo levantarme.

Me acerco al armario para elegir la ropa con la que pasaré este maravilloso y aburrido lunes.

Y de repente, casi sin darme cuenta, estoy yo, con borbotones brotando de mis ojos, en una esquina de mi habitación haciéndome cada vez más pequeña y la mitad del armario esparcido por todas partes.

Duele mucho y fuerte, y me veo incapaz de salir con absolutamente nada. Ya se está convirtiendo en rutina. Cojo lo más ancho que puedo y me seco las lágrimas que siguen vacilando por salir.

PIEL

Las lágrimas recorren mi rostro una vez más
mientras esa voz que nunca se calla parece desaparecer.
Esa soy yo.
Intento mirarme al espejo una vez más:
sigue doliendo,
mientras me hago cada vez más pequeña.
Esa voz que, mientras lloraba, me daba tregua, vuelve,
pero esta vez ya no susurra.
Esta vez me grita a voces.

Un respiro

Recojo las dos últimas lágrimas y vuelvo a mirarme en el espejo. Duele menos.

Envuelta en mis pensamientos, llego de nuevo tarde. Me siento sola en el fondo, con previsión de divagar toda la aburrida clase de Lengua que me espera.

Yo siempre estaba bien, al menos eso creía todo el mundo. Tampoco sentía que realmente le importara a alguien.

Ese mismo día, después de un par de horas, en el cambio de clase, una chica me empujó al salir del baño. Me caí al suelo mientras ella y un par de amigas se reían a carcajadas, gritándome mil groserías e insultos que apenas conseguí distinguir. Algo que sí que escuché fue la palabra *anoréxica*, que estuvo retumbando en mi cabeza mientras decidía saltarme Matemáticas y quedarme sola en aquellos lúgubres baños, mientras las lágrimas me recorrían el rostro y se repetía esa palabra en mi mente.

Nos venden que todos los cuerpos son bonitos. Una mierda. En el mundo real, no todos los cuerpos lo son. Nos hacen creer que no hay estereotipos, que somos perfectos, que nos tenemos que querer, pero se ríen de ti por ser más o menos delgada, por los llamados «kilos de más», por cómo vistes, por cómo eres, por quien eres y por lo que sientes.

Seguí llorando en el baño sola, sin parar ni un solo instante, y la palabra no cesaba de retumbarme en la cabeza.

Nadie vino a ayudarme.

Nadie estuvo.

Parece que cuando los problemas son ajenos es más sencillo bajar la cabeza.

Tal vez suene triste, pero sin quererlo me di cuenta de que solo me tenía a mí. Ahí entendí la puta frase «Si no te quieres tú, no te va a querer nadie», aunque realmente yo la cambiaría por «Quiérete tú, porque nadie lo hará por ti».

En aquel baño de instituto entendí que con un poco de suerte te tienes a ti y que eres la única persona que no puede decepcionarte.

Nadie estuvo cuando lo necesité, aprendí a no necesitar a nadie. Tenerme a mí ya es más de lo que tenía en ese momento.

Recogí las pocas fuerzas que me quedaban, planté una sonrisa en mi cara, me limpié las lágrimas y el rímel corrido, me miré fijamente a los ojos en el reflejo que me devolvía el espejo y me prometí que jamás me volvería a hacer eso.

Pasé de todo el mundo. Entré en casa pegando un portazo.

Me desnudé por completo, me miré en el espejo y me centré en mis ojos llenos de lágrimas, mientras me repetía que ese era mi cuerpo, esa era yo.

Me fui observando lentamente. Comencé por fijarme en las cosas que más me acomplejaban: mi cadera, casi recta; mis piernas, sumamente delgadas; mis labios finos y aquel lunar que tanto odiaba. No podía seguir, así que cambié de estrategia.

Empecé a fijarme solo en aquello que me gustaba: mi culo, mi sonrisa, mis ojos... Poco a poco, ese dolor agudo en el pecho fue desapareciendo y las lágrimas se ahogaron en sollozos hasta que pude mirarme así, completamente desnuda.

Fijarme solo en aquello que me gustaba de mi cuerpo casi logró hacer invisibles aquellos complejos. No dejé de mirarme ni un segundo. No sé cuánto tiempo estuve frente a aquel espejo, pero cuando solo me quedaba sonreír, aparté la mirada. Me iba a gustar.

Nadie iba a conseguir jamás hacerme el daño que yo me hacía.

Todos esos insultos ya me los había dicho yo antes, pero ya no.

No soy eso, valgo más que eso y que sepas que tú también.

Mis complejos me hacen más yo, más humana.

Estuve todo el día encerrada en mi cuarto y me quedé dormida de tanto llorar.

Vivo, vivimos, en un mundo de tendencias, de modas, de seguir una corriente, de que la opinión válida es, por supuesto y sin lugar a duda, la opinión general, la opinión de todos.

Vivimos en un mundo que sigue lo que se lleva, la moda que nos lleva a todos a vestir de una u otra manera mientras pasan los años, las décadas, y todo vuelve, como parecen volver los años ochenta si te asomas por prácticamente cualquier rincón de la zona de Malasaña en Madrid.

Cuesta darse cuenta de esa presión social que todos soportamos que nos impide, de un modo u otro, ser realmente nosotros mismos, Me pido perdón por todas las veces que seguí la opinión general, por esa calada y por saltarme aquella clase a la que jamás hubiera querido faltar, por no admitir que bastantes veces edité y distorsioné mi imagen para que la opinión general me viera bonita y que, mientras llegaban esos mensajes de aprobación, yo estuviera hundida, encerrada bajo unas sábanas que parecían no dejar que me levantase, mientras lloraba por no ser eso, por no tener el cuerpo que gusta a la opinión general. Me pido perdón por tardar tanto en quererme, por no dar antes el paso. Pero aquí estoy, casi cuatro años después, viendo que sí podía, y acepto mis disculpas.

Lo lograste.

Quiénes somos

He nacido en la sociedad de «lo rosa es para niñas y lo azul es para niños». Me crie jugando con kits de limpieza y cocinitas, casi un vaticinio de aquello a lo que me tendría que dedicar cuando fuera mayor. Jamás jugué con un coche, y no porque no me gustaran, simplemente porque nunca tuve uno.

Esas muñecas con las que pasaba tantas horas siempre tenían el mismo cuerpo. Parecían avisarme de la belleza que debía alcanzar. Todas delgadas, con piernas infinitas y un pecho exuberante; parecían sonreír siempre.

A las mujeres se nos enseña eso desde que nacemos, a ser competitivas y envidiosas, a juzgarnos y criticarnos entre nosotras para buscar la aprobación de no sé muy bien quién.

Se nos enseña a quitar valor a otras mujeres por ser libres, por vestir diferente, por lo que hacen o por su físico. Porque nos enseñan a odiarnos entre nosotras, a infravalorarnos.

Porque no es igual *zorro* ('astuto') que *zorra* ('arrastrada, raposa'), *golfo* ('sinvergüenza, holgazán, ladino') que *golfa* ('ramera'). Porque la suegra siempre es una bruja, pero el suegro no se ve con esos ojos. Porque si «esto es la polla» es genial, pero, cuando es aburrido, «es un coñazo». Porque siempre serán «hijos de puta»; sea para quien sea el insulto, acaba en una mujer. Nos enseñan a no ser zorras o perras, a respetarnos como mujeres y a hacernos valer, porque por el mero hecho de ser personas parece que no valemos.

Porque yo también llamé «guarra» a una chica por ser libre, por envidia supongo; porque también envidié un cuerpo y tuve que decir que tampoco estaba tan buena; porque me hicieron sentir que, si todo el mundo opinaba que ella era guapa, necesariamente yo ya no lo era: «No sé qué le veis, no es para tanto».

Porque a mí también me enseñaron que necesitamos ser la única ante la opinión masculina; porque yo también critiqué una forma de vestir o un cuerpo, pero conseguí abrir los ojos y tirar la venda; porque nosotras somos nuestras peores enemigas, sin quererlo, sin darnos cuenta. Abre los ojos, intentan ponernos en contra porque saben que, si nos juntamos, somos invencibles.

Por esa niña que solo quería verse guapa y acabó en las noticias, y públicamente se corroboraba que se estaba sexualizando, mientras hombres adultos la veían con buenos ojos. Tal vez no se esté sexualizando a las niñas, tal vez estamos normalizando la pedofilia.

Por la niña a la que obligaron a taparse ese día en clase porque esa indumentaria no era adecuada o porque distraía a sus compañeros. Por todas las que hemos sufrido acoso callejero, por todos los «Avísame cuando llegues a casa» y por todas las que han pasado miedo. Y por las que ya no están. Grito por vosotras, hermanas, por la sororidad y el apoyo entre las mujeres. El cambio está en nosotras. No hay nada más fuerte que la unión de personas y nada más fuerte que la unión de las mujeres. Juntas podemos.

Modelos

Somos modelos creados por esta sociedad retrógrada. Seguimos un patrón normativo y todo lo que sale de este parece que es extraño, raro o que ni siquiera existe.

Jamás alcanzaré esa belleza idealizada, pero ni yo, ni tú, ni nadie. Lo peor de todo es que esa belleza no existe; nadie la busca.

Entendí que todo aquello que odiaba de mí era lo que me hacía destacar: aquel lunar al lado del labio que tantos dolores de cabeza me había ocasionado era simplemente algo que esas muñecas no tenían, era algo mío que me hacía diferente.

Quiero dejar de ser una chica más, quiero ser yo y quiero sentirme yo, y estoy más guapa sonriendo, usando la ropa que de verdad me gusta. Soy más guapa cuando me comporto como me da la gana. Sinceramente, me la suda que eso no lo hagan las «señoritas». Jamás quise ser una señorita, tampoco me conozco tan bien, pero sé que no soy eso y voy a darme la oportunidad de conocerme, de salir del rebaño, de equivocarme y de reír, porque así estoy más guapa.

Yo todavía me sigo encontrando y conociéndome cada día, pero desde que entendí que yo no soy eso, y que por ello es absurda la comparación, comprendí que no necesito más de lo que tengo. Te puedo prometer que, cuando eres feliz, te ves más guapa y, cuando eres tú, brillas.

Te invito a hacer lo mismo. Para ser feliz, olvida todo lo que se espera de ti, lo que se ha asumido por quien eres o por quien se supone que eres, olvida a quién tienes que amar, cómo debes comportarte. Vuelve a salir a la calle con esa prenda que tanto te gustaba, pero que te hicieron enterrar en el fondo del cajón; córtate el pelo como siempre quisiste; sal al mismo bar de siempre, de chupitos a un euro y tómate diez; olvida todo lo de que «no está bien». Que les den.

Cuando aceptas lo que hay y aprendes a quererlo y a quererte, eres más guapa, porque no hay nada más atractivo que la autoestima y nada más bonito que tú, tus cicatrices, tus estrías, tu cuerpo delgado o tu tripa, nada más bonito que tu sonrisa perfecta o tus dientes descolocados, nada más bonito que tu metro ochenta o tu metro cincuenta, que tu enorme culo o tu pequeño culo, nada más bonito que el pecho o la ausencia de él, nada más bonito que los kilos de más o los kilos de menos. Porque, aunque no te lo creas —tú, que me estás leyendo ahora mismo—, la autoestima es belleza, y con ella te prometo que todas esas cosas que ya son preciosas lo son más aún. Quiérete mucho y fuerte, porque mejor y más que tú no te va a querer nadie.

Muchas veces me habéis preguntado cómo puedo ser tan «guapa»... Este es mi secreto: la autoestima.

YO

Por todas las veces que creía que no podía y pude.
Por todas las veces que lloré frente al espejo.
Por dejar de ser yo misma.
Por no quererme.
Por esa vez que me reí de esa chica,
de su cuerpo,
y por las veces que lloré porque me hicieron lo mismo.
Perdóname.
Te lo suplico.
Esa no era yo.

Amor, primero.

Una pausa

Volvió a sonar el despertador a la misma hora de siempre. De nuevo, me miré en el espejo. Seguía doliendo, pero el dolor ya no era tan agudo. Volví a fijarme con detalle en aquello que me gustaba. Cogí aire, me arreglé y fui a desayunar con mi hermano.

Estaba medio dormido, con el pelo despeinado. Cogí mi mochila y salí pronto de casa. Por primera vez en todo el curso, me apetecía ir tranquila.

Llegué a la puerta del instituto y el panorama me sorprendió mucho. Descubrí gratamente que la gente acostumbraba a llegar antes de lo necesario y que se dedicaba a desearse los buenos días. Sinceramente, no entiendo muy bien a esa gente que se levanta con ganas de sonreír, como si su monótona vida fuera maravillosa.

Intenté pasar desapercibida para evitar ese contacto humano desde tan temprano. Detesto las conversaciones intrascendentes.

Crucé la mirada con aquel chico de ojos claros, tez blanquecina y el pelo rapado al cero que, por alguna extraña razón, me resultaba de lo más atractivo, tal vez fruto de todas las novelas y películas de amor donde el protagonista no dista demasiado de él.

¿Amores?

Mi amor preferido es el propio. Como dijo alguien alguna vez, está en peligro de extinción. Ese es el amor más real que vas a tener en tu vida. Sin duda, el mejor.

El amor está en las relaciones de amistad, en el amor de tu familia, incluso en el amor que le tienes a esa cosita peluda que se revuelve por casa. Eso es amor.

Labios de caramelo

El puto primer beso fugaz que te impregna de sentimientos sensacionales, que no pasa desapercibido y que se queda plasmado en tu memoria para siempre. Cada movimiento y cada sensación son mejores que los que habías vivido antes, que distan de abrir un regalo o aprobar aquel dichoso examen.

Ese primer beso hace que un escalofrío te recorra todo el cuerpo y que todos aquellos miedos se vayan, como si se tratase de una burbuja. Y eso que pensabas que no sabrías hacer te sale solo, porque fluye, y, cuando lo haces, se despierta una sensación de liberación, de libertad, como una puerta que se abre ante ti para descubrir y descubrirte, para jugar —aunque no con los mismos juguetes—, para disfrutar y hacer disfrutar.

Nos subimos a un tejado, mantuvimos una corta pero intensa conversación y, tras un breve silencio, él se inclinó, obligándome a tumbarme. Se acercaba cada vez más, sin dejar de mirarme a los ojos, y entonces colocó el brazo sobre mi muslo y no pude evitar un pequeño pero intenso suspiro. Él seguía acercándose mientras subía un poco más la mano. Sin darme cuenta, se había colocado encima de mí, sentía su peso, y apoyó la mano a mi lado. Mientras se acercaba cada vez más, no pude evitar mirarle a los labios y, en ese momento, ese acercamiento lento se convirtió en una embestida. En un segundo tuve su mano en el cuello y sus labios contra los míos, empujándolos fuerte. Sentía presión en el pecho y un hormigueo por todo el cuerpo. Abrió la boca y nuestras lenguas se rozaron mientras su mano se deslizaba por mi cuello. Se apartó por un momento y pasó a besarme el cuello. No pude evitar soltar un gemido entrecortado. Siguió besándome, cada vez de una forma más intensa. Me mordió el labio y un escalofrío placentero me recorrió el cuerpo, hasta que ambos empezamos a suspirar y me separó de sus suaves labios para mirarme fijamente a los ojos y echarse a un lado.

Subí a casa con el corazón en un puño, jadeante.

POR FAVOR

Tócame,

rózame.

Piel con piel,

sin prisa.

Seamos uno

durante unos minutos.

Mientras estallo, estallamos y todo pasa.

Después abrázame, que tengo miedo y estoy cansada.

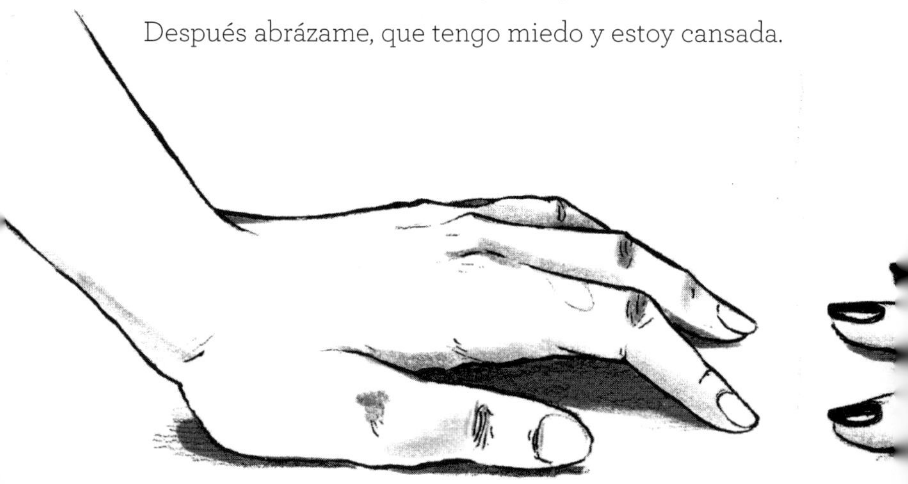

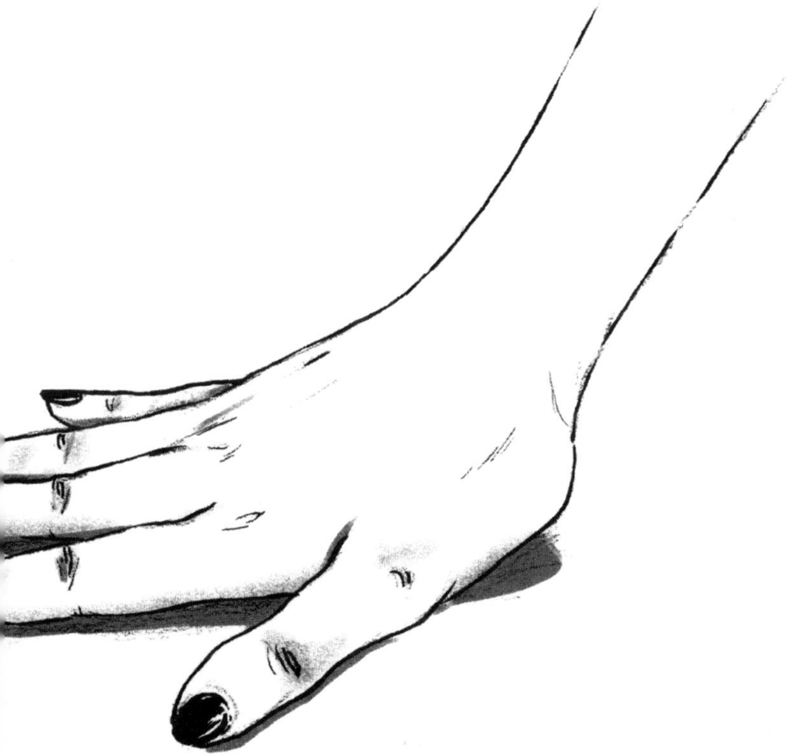

Vicios raros

Desde que empiezas con esas sensaciones extraordinarias, tu cuerpo siempre te pide más, un poco más, más caricias, más roce, y, poco a poco —o tal vez del tirón—, con más o menos edad, vas descubriéndote: tócate, conócete y juega, juega mucho contigo, descubre cómo y dónde, sin miedo, sin reparos. Explórate despacio, a tu ritmo, con ayuda o sin ella, y encuéntrate. Averigua qué necesitas, qué amas, qué detestas... No hay límites.

Cuando tomas un poco de esta droga no puedes parar de disfrutar, de sentir, de explotar, de gritar.

Hazlo cuando te sientas preparado, y entonces solo te queda disfrutar con cuidado, con amor y paciencia, o todo lo contrario, bruto, sucio, aunque dé miedo...

Hazlo hasta que no puedas más, hasta que tu cuerpo no pueda más, y echa más, otro más.

SEXTO SENTIDO

Enséñame a tocarte, a tocarme.
Vacila con entrar,
hazlo sin pedir permiso.
Suspira, grita mirándome.
Cuando me vaya, no seremos nada,
pero en un momento lo fuimos todo.

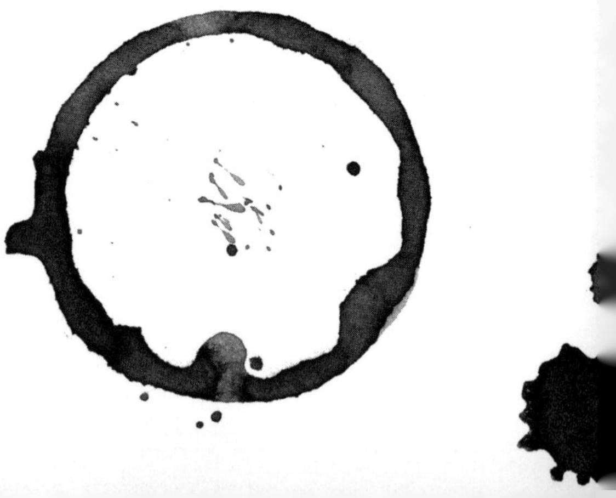

Ella.

Hoy grito

Hoy grito por todos aquellos que nunca pudieron gritar, hablo por todos aquellos que se quedaron mudos, por aquellos que jamás pudieron ser libres y por todos los que tenían miedo, por todos aquellos que guardaron ese secreto que deseaban gritar a voces. Por todos aquellos que nunca pudieron besar a quien amaban o los que debían esconderse para hacerlo. Hoy chillo por todos aquellos que todavía son insultados y agredidos por ser ellos mismos y por defender lo que son, por todos aquellos que todavía no pueden decir «Sí quiero» a la persona con la que anhelan compartir el resto de sus días. Va por vosotros.

Sin prisa

Aquel día normal de instituto me fijé en esa chica que solía sentarse al fondo de la clase, que siempre se estaba riendo y que tenía no sé qué que te invitaba a querer saber más de ella. En la hora de Educación Física nos informaron de que el profesor parecía tener cosas más importantes que hacer que asistir a nuestra clase —lo que siempre era música para nuestros oídos—, así que allí estábamos las dos, rodeadas de gente.

Decidieron jugar a verdad o reto —cosa que en lo personal prefiero hacer con alguna que otra copa de más— y me tocó hacer algo que en el fondo ansiaba, aunque aún no lo sabía: morderle el labio. Y eso hice con el corazón en un puño y unas ganas que aumentaban a medida que su boca se acercaba a la mía. Nuestros labios se rozaron tímidamente. Jugamos casi sin querer hasta que me mordió el labio con ternura, separándose poco a poco de mí mientras me miraba con esos ojos marrones, fijándose directamente en mis labios con gran descaro y una sonrisa de oreja a oreja.

La tensión que nos invadía cuando estábamos cerca era cada vez más y más intensa. Era la necesidad de estar juntas, de jugar.

Cada mirada, esa risa tonta que se me escapaba de los labios casi sin querer, las ganas de abrazarla y de estar con ella, y de tocarle el culo cuando pasaba delante de mí me hicieron ver que tal vez aquello que en principio parecía una gran amistad y confianza —o eso me hacía creer a mí misma— pasara a ser deseo. Y dejé de pensar solo en príncipes azules, ya que quizá me gustaran más las princesas, y en el fondo no me extrañó.

Estaba deseando que Chicle y Marceline se besaran, jugaba a que mis muñecas tal vez eran algo más que muy amigas y por fin me di cuenta de que no miraba más a las chicas cuando paseaba por la calle solo porque me encantase fijarme en su ropa. Tal vez no era solo eso lo que me interesaba de ellas; tal vez sentía mariposas cuando, por casualidad, veía la imagen de dos mujeres besándose mientras andaba jugando detrás del sofá. No podía evitar asomarme. Quizá no solo era que las mujeres me parecieran guapas, y tampoco era raro... Con apenas doce años, mi madre ya andaba maquinando y dejándome caer si me gustaban los hombres o lo contrario.

En mi cabeza, la idea estaba clara. En el fondo lo sabía y desde ese momento dejé de mirar a las mujeres con los mismos ojos. Sinceramente, eso no solo me hizo disfrutar como no te imaginas, sino que provocó que esa envidia y competitividad asquerosa que nos inyecta la jodida sociedad se desvaneciera: para qué tener envidia pudiendo tener ganas... Desapareció esa comparación asquerosa que nos hunde y no nos deja ver nada más. Era un secreto que gritaba a voces, pero necesitaba llegar un poco más allá para cerciorarme de lo que sentía. Aunque estaba claro: mi mente necesitaba esa comprobación.

Un secreto a voces

Sábado noche. Veinte personas, música a todo volumen; alcohol, adolescentes y hormonas.

Desde lejos, una chica rubia de ojos caramelo, labios carnosos, bajita, de estrecha cintura, nariz chata y sonrisa juguetona parecía comerme con los ojos.

Tras un par de copas —o tal vez unas cuantas más—, parecía que una cuerda nos uniera. Poco a poco, casi sin darme cuenta por culpa del alcohol, antes de que pudiera reaccionar, allí estaba ella, sudorosa y radiante. Mantuvimos una conversación de lo más cordial y dejé de escuchar nada más. Solo estábamos ella y yo. La música parecía demasiado lejana. Solo escuchaba mi propia respiración y, de repente, la música volvió a sonar atronadora. Se acercó bailando, provocándome. Allí estábamos las dos, rozándonos como si no hubiera nadie más. Me miraba alternando entre los ojos y los labios, sonreía y, segundos después, empezamos a besarnos. Su lengua jugaba con la mía mientras su mano recorría mi cuerpo.

Todas mis sospechas, y lo que en el fondo ya sabía, se confirmaron: no era que me gustaran las mujeres, me encantaban tanto como los hombres o casi más. Por fin pude decírmelo, sentirme segura y libre de gritar lo que sentía. Eso que en el fondo ya sabía se me plantó en la cara, y me encantaba.

Experimenta y siéntete libre de ser quien eres. Es natural, normal, porque unos genitales no determinan tu género, porque no tienes que seguir ese estúpido rol que nos asignan por nacer según esta basura de sociedad. Siéntete libre de descubrirte. Somos mucho más complejos que un simple género, que se limita a ser un estereotipo pasado de moda.

No todas las mujeres somos iguales, ni tampoco todos los hombres. No por ser bollera tienes que vestir de X manera y no por ser gay has de tener pluma, o sí. Puede gustarte una única persona del sexo contrario y eso te hace bisexual. En el fondo, pienso que todos lo somos.

Siempre hemos necesitado entender, y para entender algo tenemos que etiquetarlo, definirlo. Creo que nosotros, la llamada «generación perdida» o «de cristal», podemos romper todo eso que denominan *cristal*. Solo queremos sentir, solo buscamos encontrarnos, ser quienes realmente somos.

Jamás deberíamos sentir miedo de decir quiénes somos o a quién queremos, y sinceramente creo que lo menos interesante de nosotros es con quién nos metemos en la cama.

Somos la generación que todo lo prueba y se equivoca, el germen de lo nuevo. Y lo nuevo asusta, por eso nos tienen miedo.

Somos esa generación perdida, perdidamente enamorada, perdidamente libre. «Sí, mamá», soy de esa generación que no permite los insultos machistas, de esa generación que salta a la calle a defender sus derechos, que defiende la libertad, que defiende al débil, que ataca lo injusto, que permite a la gente decir a quién ama y que puede ser quien realmente quiere ser.

Somos la generación que respeta la identidad de género de cada persona, la generación de la lucha. No nos callaremos y no nos callarán. Saldremos cada 8 de marzo a reivindicar lo que es justo.

Somos la generación que odia el racismo y levanta un movimiento en redes sociales que da la vuelta al mundo, esa generación que explica que un trozo de tela no tiene género, que los hombres también lloran, que hay mujeres con pene y hombres con vagina, y que no son menos mujeres u hombres por ello. Que puedes amar a quien te dé la gana y como quieras, que puedes echar un polvo con una persona, con dos o con las que te dé la gana, y eso no te define de ninguna forma, que te muestra que las relaciones monógamas no son la única opción. Porque somos la generación del respeto, pero no respetamos todo lo que atenta contra nosotros, no respetamos esos chistes sin gracia, no respetamos vuestros ideales retrógrados. Lo siento mucho, pero las cosas van a cambiar, estén o no preparados.

No, no estoy confundida, no es una fase, no se me va a pasar. No, no es por moda. En esta sociedad hipócrita no hay hueco para nuestra generación. La haremos arder. ¿Recuerdas las clases de Historia, cuando decían que el germen de la revolución estaba en las calles? El cambio está en nosotros y queda poco para que la ciudad arda. Y no tendremos piedad.

Hoy, mamá, he aprendido algo...

Más importante que la raíz cuadrada de veinticinco. Y más interesante que el sintagma de régimen.

Aunque no me lo han enseñado en el colegio, hoy he aprendido otra cosa. He aprendido que puedo besar a una mujer, mamá, y que eso está bien. Es importante saber lo que es un texto narrativo, pero también es importante saber que hay mil maneras de amar; es importante saber que yo soy igual que un hombre, que no tengo por qué limpiar yo. Saber que, mamá, ya no quiero ser una princesa. Quiero ser como esas mujeres que lucharon tanto para que yo hoy pueda opinar. Aprenderse el *past simple* es importante, pero me hubiera gustado que también me hubieran contado que un hombre puede tener vagina y que una mujer puede tener pene, y eso está bien.

La Revolución francesa es importante, pero también lo es que no importa el color de tu piel, que eres igual de persona que tú y que yo.

Todo eso no está escrito en los libros, pero lo tengo en el corazón. Tal vez en cinco años no recuerde cómo se sacaba el mínimo común múltiplo, pero, mamá, jamás se me va a olvidar lo que es el respeto, la diversidad y la libertad, que puedo amar a quien quiera, y que con quién me meto en la cama es lo menos interesante de mí. Eso, mami, jamás se me va a olvidar.

ARDE

Haremos arder esta sociedad retrógrada.
Que prendan fuego a la misoginia.
Que la homofobia se reduzca a cenizas.
Enterremos todo lo que esta mal
y dejemos que nazcan nuevas flores.
Creemos un lugar donde todos seamos libres
y vuele el germen de nuestra revolución.
No nos callaremos, no nos van a detener. Que ardan.

Drogada.

Cambios

Cambios, cambias. Entras en el infierno que llaman *instituto*, donde las cosas ya no son iguales. Dejas de ser un niño inocente; entran las responsabilidades, el estudiar en serio, y las cosas se complican bastante más de lo previsto a nivel académico y emocional. Porque cambias constantemente de opinión, de gustos, de aficiones. Casi sin querer, tu cuerpo también cambia, creces y parece que dejas atrás esa vida e infancia feliz para meterte en algo que da miedo, mucho miedo.

Empiezan las decepciones, los aciertos y los fracasos. Empieza el estrés, la puta responsabilidad de lo que haces y las consecuencias de lo que acarrean tus actos. Acabas cambiando los cuadernillos Rubio por una noche sin dormir, drogada por tanto café; los zumos del recreo por cubatas y las chuches por caladas, por cigarros. Pasas de ilusionarte por ir a comprar el pan a bajar la basura para echarte un *piti*, del escondite a las pipas en un banco, de abrazos a besos muy intensos, a polvos, a la pastilla del día después y a orgasmos largos y placenteros.

Pasas de llorar por caerte de la bici a llorar por decepciones, por amor, por fracasos.

Ese negro sábado noche provocó un cambio: hora de mi primer cubata, de mi primera noche. Repetía los datos de aquel DNI de esa amiga mayor de edad que distaba mucho de tener mis facciones o algo parecido a mí. Me sabía su calle y el nombre de sus padres casi mejor que los míos.

Me maquillé más que en toda mi vida, autoconvenciéndome de que así parecía tener los supuestos veinticuatro años que figuraban en aquel carné de identidad. Elegí una camiseta escotada y unos pantalones ajustados. Me sentía imponente, fuerte y poderosa. Convencida de que me llamaba Raquel Gutiérrez, salí de casa con la cabeza bien alta, aparentando tener esa madurez que supuestamente te aportan aquellos veinticuatro años que debía tener.

Sorprendentemente, entré en el garito sin ningún tipo de problema. La verdad es que a las mujeres no suelen ponernos demasiadas pegas. Al fin y al cabo, somos parte del producto que venden en esos lúgubres antros: cuando hay mujeres, entran los hombres, que potencialmente consumen más.

He despreciado siempre sus invitaciones baratas: yo no soy objeto de consumo. Paso de las alentadoras propuestas de «Si traes a cinco amigas, te regalamos una botella»... Te regalan una botella porque, si consigues que vayan cinco amigas, tú y otras cuatro, el garito será de lo más tentador para los lobos que esa noche quieran cazar algo. Así funciona. Es asqueroso y deplorable.

Personalmente, me niego a aceptar una «invitación» gratuita o cualquier «oferta» de ese calibre, así que aquella noche entré pagando mi entrada y, con un suspiro, me di cuenta de que todas mis amigas también habían conseguido entrar. La música estaba a todo volumen y miles de cuerpos mojados se meneaban al son de una melodía pegadiza.

Nos dirigimos directamente a la barra del antro. Mientras pedían sus bebidas, yo intenté escuchar qué pedía alguna de ellas para tomar lo mismo. Quién me iba a decir que el vodka y el ron con Fanta que probé aquel día se convertirían en mi agua cada sábado.

Pegué dos tragos a aquel mejunje y empezó a parecerme todo exageradamente divertido. Era como si todas las preocupaciones que nos inundan desaparecieran por momentos mientras bailábamos desenfrenadamente y gritábamos al compás del reguetón barato que sonaba en el local. Entonces, alguien recordó la existencia de la maría.

Salimos del local para fumar esa mierda. Estaba mareada y me sentí en la obligación de probar del porro. Las chicas daban caladas profundas directas al pulmón mientras reían desenfrenadamente. Conseguí escaparme de la primera ronda, pero entonces se dieron cuenta y me lo pasaron. Me puse el cartón en los labios y aspiré con fuerza. Un sabor amargo y una tos seca se escapó de mi boca. Era asqueroso; no sé por qué a la gente le puede gustar semejante bazofia.

Tras las risas, decidieron jugar a la ambulancia. Cuando descubrí de lo que se trataba, casi me da un amarillo: sujetaban el porro y se lo iban pasando de boca en boca mientras inhalaban el humo y lo aguantaban por turnos. La segunda calada rascó menos y en la tercera incluso me pareció que no estaba tan mal.

La droga se acabó pronto y decidimos volver dentro del local. Mientras subíamos, empecé marearme y noté un dolor de cabeza de lo más intenso. Le pegué un trago largo al cubata, intentando aminorar la presión del pecho, pero fue peor. Sentía que todo me daba vueltas. Una arcada estuvo a punto de hacerme vomitar allí mismo, delante de todo el mundo. Grité que me meaba y fui como pude hacia el baño, entre arcadas y con un mareo que apenas me permitía sostenerme. Llegué en lo que me pareció una eternidad y me senté aferrándome al váter con las pocas fuerzas que me quedaban mientras escuchaba cada vez más lejana la música. El ruido de fondo se convirtió en susurros que parecían desaparecer entre un silencio atronador. Vomité como jamás lo había hecho. Se mezclaban los sabores de la cena con el alcohol y la garganta parecía arderme. Entre arcadas y escupitajos, la música volvió a sonar y una sensación placentera me recorrió el cuerpo. Volví a darle un trago al cubata para que desapareciera el asqueroso sabor a vómito, pero no se iba. Ese era el sabor real de la droga y del alcohol, y esa era la verdadera sensación de ir mal, de no sentir tu cuerpo.

Salí del baño y en la puerta dos chicas me miraron preocupadas. Asentí hacia ellas, como si todo estuviera bien; me miré en el espejo, sonreí y me pude recomponer; solo necesitaba vomitar. Todo volvía a estar bien. Controlé algo más el resto de la noche y puedo afirmar que fue divertido.

Ir fumada es una sensación agridulce. Es como que todo te da igual y todo es divertido, pero el ardor de los pulmones, la falta de aire y el peso en el pecho te devuelven a la realidad. A las cinco de la madrugada salimos del garito. Conseguí llegar a casa dando tumbos.

Todo empezó así, por probar. Luego empezamos a salir casi todos los *findes*: bebíamos, fumábamos, lo pasábamos bien. Después empezamos a fumar a diario. Mis amigas podían llegar a gastarse unos veinte euros semanales en porros.

Yo no pillaba, pero al bajar con ellas era inevitable fumar también. Todo parecía muy divertido, hasta ese día.

Salimos de fiesta como de costumbre, pero el garito de barrio se nos había quedado algo pequeño, así que decidimos entrar en la noche de Madrid.

El local estaba cerca de la parada de Nuevos Ministerios. Así, al acabar a las seis de la madrugada, podríamos volver en tren a casa sin demasiado problema.

Como siempre, el plan era fumar y beber hasta no acordarnos de nada. Al llegar al garito, nos dimos cuenta de que la gente era muy diferente a las personas que frecuentaban nuestra cutre discoteca de barrio, pero entramos sin problema, como de costumbre.

Tras varias copas y *pitis*, mis amigas se hicieron colegas de unos chavales del lugar que nos invitaron a su reservado.

Íbamos muy borrachas. Todo parecía ir a la perfección hasta que me senté en uno de los sillones del reservado. Éramos unas veinte personas allí. Cuando quise dejar la copa, vi a dos chavales con polvos blancos sobre la mesa. Se estaban metiendo una puta raya de coca en mi puta cara. Lo peor de todo era que parecía que a la única a la que le sorprendía era a mí.

Pegué un trago largo a mi bebida y me fui al baño. Eso ya no era droga blanda, aunque estaba bastante segura de que la cantidad de porros que mis amigas se fumaban —bueno, que nos fumábamos— distaba de la diversión y empezaba a ser una puta adicción. Solo podía pensar en toda la gente que había arruinado su vida por esa mierda, por esos minutos de placer, para volver de nuevo a su mísera existencia. Eso es lo que les hace —lo que nos hace— adictos. Necesitamos escapar de eso que llaman realidad y, una vez que lo pruebas, no hay vuelta atrás. Salí del baño convencida de coger a mis amigas, pillar un taxi y desaparecer de allí. No estábamos preparadas para ese mundo.

Subí las escaleras del reservado temblando, preparando el discurso para sacar a mis amigas de allí. Mi sorpresa llegó al ver a mis amigas metiéndose esa mierda por la nariz. Quería montar un numerito, pero ya era inútil.

Me senté en el sofá y vi que a una de mis amigas le sangraba la nariz por la coca. Porque eso es lo que provoca, porque todo el mundo que se mete en ese agujero «controla», porque todos saben lo que hacen y, de hacerlo una vez a la semana, pasa a ser dos, luego los *findes,* luego te ves pillando treinta pavos a la semana, pero tú controlas.

Luego un día sales y pruebas las *pastis*, el cristal, y acabas metiéndote una raya de coca. Tu cuerpo va consumiéndose tras cada calada, empieza a sangrarte la nariz y prefieres inyectarte... Y no te has dado cuenta y ya lo necesitas, no puedes parar, aunque quieras, y te ves cada vez más solo, más arruinado, mientras tu cuerpo se consume poco a poco. Y si eso no te mata —que es probable que lo haga—, te mata el frío, te mata otra enfermedad de lo débil que estás... Si no tienes suerte, acabarás sin un duro, tal vez sin casa y consiguiendo dinero para eso, para evadirte de la realidad que te rodea, que es cada vez más sórdida. Eso que empezó con un porrito de vez en cuando acaba por consumirte y matarte poco a poco, tras cada raya, tras cada calada, tras cada dosis.

ADICTA

Adiós a tus sueños,
a tus amigos,
a tu vida.
Poco a poco,
mientras te desvaneces.
Huye de esa primera calada,
y, si ya estas en ella, sal ahora,
sal ya. No te conviertas en polvo.

Caladas

Esta es la realidad de la droga: mientras se consume el porro, poco a poco te consumes tú, tus neuronas y tu vida. Nunca acabas y siempre necesitas más para sentir ese placer de la primera vez. Es literalmente como cavar tu propia tumba, cada vez más profunda. De repente, estás bajo tierra y por mucho que escales o grites, nadie te oye, nadie se acuerda de ti.

Drogarse no es normal. Que no te engañen, jamás te dejes llevar. Las drogas duras no son un juego. Una noche es una raya y, antes de que te des cuenta, estás robándole dinero a tu familia para pagar los gramos de coca que el cuerpo te pide. Hasta que te mueres, y sí, ese es el final. Te consumes física y mentalmente, empiezas a adelgazar, como si tu cuerpo se desvaneciera, hasta que te esfumas. No entres ahí, y, si estás dentro, sal ahora que puedes. No vale la pena.

HUMO

Sal de esa primera calada
o de la calada donde estés.
No te esfumes en el humo gris,
en el polvo encima de la mesa.
Mientras se consume el cartón
te desvaneces.
No desaparezcas.

Sucia.

A mí no

Jamás olvidaré ese sábado noche. Bajé a la pista, donde cientos de cuerpos se meneaban sudorosos sintiendo la canción y gritando a pleno pulmón.

Allí estaba yo, sola entre el tumulto que bailaba sin orden ni concierto, borracha y con ganas de irme a casa. No recuerdo demasiado cómo, de repente, estaba hablando con un chico medianamente atractivo. Me agarró para que bailara con él y, mientras nos movíamos al ritmo de la música, recorría con las manos todo mi cuerpo, vacilando en zonas donde no debía acercarse con ese descaro. Tras un rato me dio la vuelta de golpe y empujó su cuerpo contra el mío, haciendo que nuestros labios se encontrasen. Pero no me besaba con ternura. Iba rápido. Me agarraba el culo con fuerza y embestía su cuerpo contra el mío, me metía la lengua en la boca sin orden ni concierto; notaba que estaba muy cachondo y me dio la sensación de que yo dejaba de pensar.

Se apartó y me cogió del brazo. Sinceramente, no entendía nada, pero estaba muy borracha para resistirme, aunque me sentía de lo más incómoda y solo sabía que quería irme de allí.

Me llevó a una zona apartada de la discoteca, en la que había unos sillones donde no había prácticamente nadie. Intenté decirle que quería volver al reservado con mis amigas, pero no me dio tiempo a articular palabra porque ya estaba estampando sus labios contra los míos, de forma cada vez más violenta. Intenté separarle y pude articular palabras:

—Oye... estoy muy borracha. Quiero buscar a mis amigas e irme a casa.

—No me puedes dejar así. No serás una calientapollas de esas, ¿no, guapa? —Su respuesta me dejó anonadada.

—Por favor, me quiero ir.

—No me digas que no quieres follar. Si estoy mazo de cachondo...

—No, de verdad, quiero irme a casa.

En ese momento supe lo que iba a pasar. Intentaba apartarme de él, pero era imposible. No tenía fuerzas, ni siquiera para gritar, y allí estaba yo, mientras el enfermo me metía mano a pesar de mis sollozos.

Acabamos follando, me acabó forzando. Me metió en los baños, me bajó las bragas y me embistió contra la puerta del lavabo. Yo solo podía llorar. Dolía. Como no conseguía correrse, me agarró la cabeza y me la metió en la boca hasta que lo consiguió. Ni siquiera podía seguir llorando. Me embestía tan fuerte que no sé cómo no le vomité encima. Cuando por fin consiguió su propósito, me dejó tirada en el baño tras gritarme que era una guarra calientapollas y que aprendiera a no ser tan zorra.

No recuerdo mucho más de lo que pasó mientras me forzaba, solo que me sentía débil y sucia. El dolor y el miedo me mareaban. Él seguía igual de cachondo a pesar de mis sollozos y mis susurros de auxilio. Le gritaba que no, que parara, que dolía. Pero no solo físicamente; me dolía el corazón.

Cuando conseguí incorporarme vomité, pero no de lo borracha que iba, sino del asco que me daba a mí misma.

Después de subirme las bragas, vi que estaba sangrando. Dolía y apenas podía levantarme. Al salir del baño, me miré en el espejo: me repugnaba mi imagen, e incluso vi un par de moretones fruto del forcejeo. Lloré, lloré durante lo que me parecieron vidas delante del espejo. Solo quería ducharme y olvidarme de lo que había pasado.

Me senté mientras me dolía todo el cuerpo, pero sobre todo me dolía el alma. No podía parar de llorar y los sollozos se convirtieron en gritos, pero ya nadie podía ayudarme.

Ni siquiera tenía fuerzas para levantarme, ni ganas. Me daba tanto asco y me sentía tan sucia que las arcadas no paraban de forzarme a vomitar una vez más, y los gritos se ahogaron en sollozos que acabarían por convertirse en culpabilidad.

Jamás se lo conté a nadie, jamás lo he contado hasta ahora.

Te niegas que eso te haya podido pasar a ti, te sientes tan mal y tan sucia que te da vergüenza. Tienes tantas ganas de olvidarlo que ni siquiera lo piensas, porque prefieres no articular palabra. Lo olvidé. Acostumbran a afirmar que el cerebro intenta borrar los peores momentos, así que lo borré y tardé meses en reconocerme a mí misma lo que me había pasado.

Recogí a mis amigas, que iban muy borrachas y me llamaban «zorra» porque me había follado al tío más bueno de la discoteca. Me limité a sonreír.

Cuando por fin llegué casa, me metí en la ducha y no podía salir. Por mucho que me lavara, me seguía sintiendo sucia. Me dolía mucho el cuerpo y tenía los labios tremendamente hinchados.

Jamás se lo conté a nadie, siempre pensé que había sido por mi culpa.

Con el tiempo se consigue olvidar, aunque nada volvió a ser lo mismo. Durante los primeros meses soñaba de vez en cuando con lo ocurrido y tenía que ducharme de madrugada del asco que me daba. Me costaba confiar y hablar con chicos en las discotecas. A esa jamás volví, y me crucé un par de veces con el tío aquel, que se limitaba a hacer como si no me conociera.

OTRA VEZ MÁS NO, POR FAVOR

Y me miraba, y en mis ojos solo había pena.
Porque me daba asco,
porque no se iba,
porque todavía lloro al pensarlo.
Porque yo sí puedo contarlo.
Por ser libres.
Por que nunca ninguna mujer repita mi historia.

No estás sola

Si te has sentido identificada, no cometas el error que yo cometí. Solo de pensarlo se me revuelve el estómago. No tuve la culpa ni tampoco es culpa tuya. Tú no das asco, él sí.

No permitas que te toquen sin tu permiso, que te menosprecien, que se aprovechen de ti. Si no querías, es violación; si no dijiste que sí, es violación; si le pediste que parara y no paró, es violación; y da igual lo que hicieras, lo que llevaras o quien seas. Harta estoy de los abusos. No nos vamos a quedar calladas nunca más. Por eso cuento mi historia a voces, porque el machismo y los abusos no solo salen por la tele, porque no solo les pasa a unas pocas. Cuando te chistan por la calle es acoso, cuando se ríen o te menosprecian es machismo, porque no van a ganarnos estos degenerados mononeuronales. No tienes la culpa, jamás te eches la culpa, como hice yo. No seas cobarde y grítalo. Algunos no te creerán, pero yo sí y muchas más también. Que el acoso, el abuso y la violación se oigan a gritos, porque ni una más debería pasar lo que yo pasé.

Siempre he pensado que tuve suerte, podría haber sido peor. Luchemos por las que ya no están; por ti, hermana; por la que no está; por todas.

POR VOSOTRAS

Por la que ya no puede gritar.
Porque estas cosas pasan,
porque nos acosan,
nos violan,
nos matan.
Grita tú, hermana; yo te escucho.

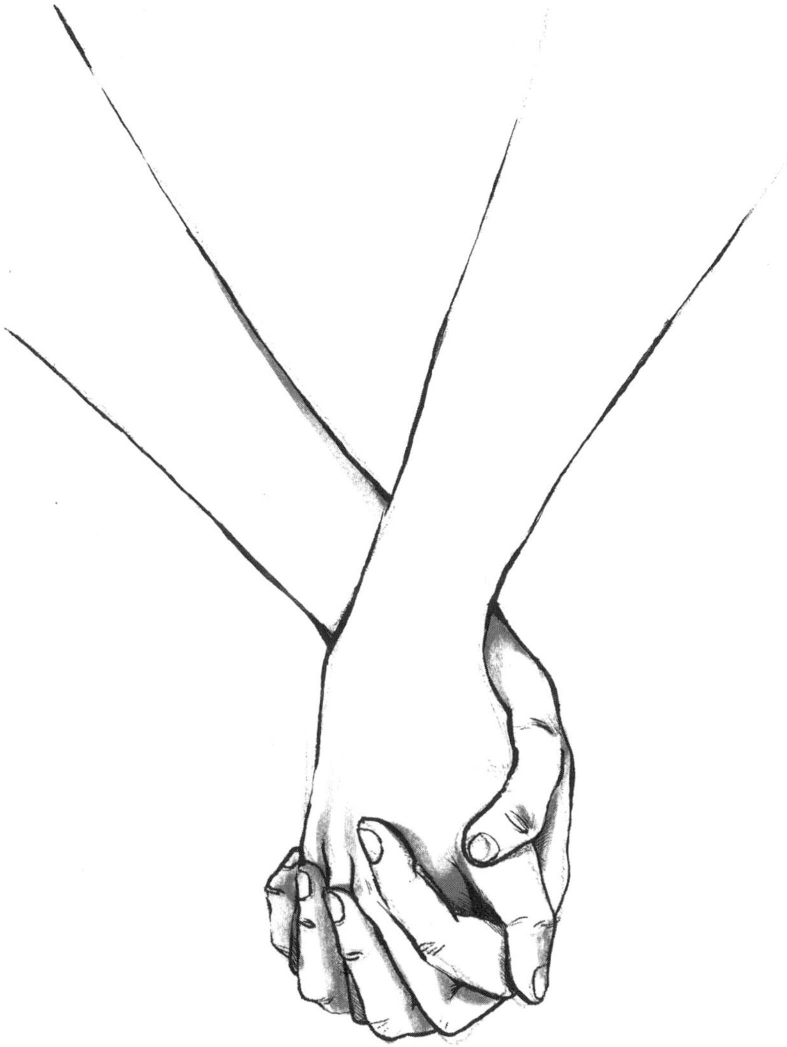

Apareció
él.

Amor

Siempre he creído que amar es de valientes, como los guerreros en primera línea de batalla. Y yo soy bastante cobarde, porque jamás he sentido que nadie pusiera más interés en mí del que necesitaba para intentar llevarme a la cama. Acojona dejarte conocer para que esa persona sepa quién eres y cómo, por qué sufres y qué cosas pasas por alto. Da miedo la traición, la desconfianza, el ser vulnerable, el no sentirse suficiente... El rechazo da miedo, da miedo perder a esa persona, da miedo entregarse y da miedo amar porque todo puede salir mal, porque pueden quedarme heridas en el corazón. Y yo no tengo más tiritas.

Da miedo el amor no correspondido, aunque también da miedo la soledad, da miedo discutir, da miedo dejar de sentir o que esa persona lo haga. Da miedo el rechazo o el amor no correspondido. Por eso nunca me he atrevido a amar, porque amar es de valientes y en el tema del corazón soy cobarde.

JAMÁS HE ENTENDIDO MUY BIEN QUÉ ES EL AMOR

Todos dicen que el amor duele.
Yo no creo que el amor duela...
Duele la incomprensión,
el rechazo duele,
la soledad duele,
el fracaso duele,
la envidia duele,
la mentira duele.
El amor no duele.
Realmente, el amor es lo que nos ayuda a sopesar todo ese dolor.
El amor es la única cosa del mundo que no duele.

Efímera

Hasta ese momento, mi vida amorosa se resumía en personas esporádicas, efímeras, momentáneas, de aquellas que estaban un rato y desaparecían, hasta que venía la siguiente y volvía a desaparecer, o me cambiaba por alguien mejor, porque había encontrado el amor de su vida, porque las dos horas en metro ya no compensaban...

No era que yo me sintiera insuficiente o usada —que en varias ocasiones me ha dado esa sensación—, sino que eran las reglas del juego, un juego en el que yo decidí participar y del que, sinceramente, no pensé que se fuera a acabar ni lo pretendía, porque nunca nadie me preguntó cuál era mi sueño o mi manía más extraña, porque supongo que en ese juego solo era un cuerpo.

Hasta que llegó él. Aparentemente, todo estaba dentro del juego, pero en realidad lo rompió todo. Aquellos mensajes tontorrones algo subidos de tono acabarían en «te quiero» y el chico de Twitter se transformó en «mi chico».

La primera vez que le escribí sentía las mismas mariposas que aún siento cuando le beso. No pudo comenzar de mejor manera. Quién me iba a decir que aquellas cervezas —no de las mejores de mi vida— te unirían a mí; parecía que se veía venir, como si fuéramos como anillo al dedo, cuando aquel camarero se despidió de nosotros con la palabra *parejita*, y pido perdón por la carcajada que solté con tono irónico. La verdad es que no le faltaba razón. Perdóname, pero no estoy acostumbrada a que quieran saber un poco más, pero tú sí.

Tras las cervezas cenamos pizza en el banco más cutre que te puedas imaginar. Por casualidad, un grupo de chavales de un banco cercano decidió poner temazos de los de antes, de los que gritas a todo pulmón, lo que convirtió ese beso con sabor a barbacoa en el mejor de mi vida. Aunque con varias cobras de por medio, creo que jamás había ansiado tanto algo como el roce de unos labios, y esa risa tonta después de ese primer gran beso, el primero de muchos.

Supe que eras para mí cuando sentí que debía enseñarte mi lugar favorito, un simple tejado no muy lejos de mi casa, desde el cual, en una Madrid iluminada, consigues ver las estrellas. Y allí estabas tú, con tus ojos verdes clavados en los míos, mientras hacía lo posible para que te acercaras un poco más.

Le hablé de mí mirando las estrellas, divagando, con grandes parones y pausas para respirar. Cuando le devolví la mirada, me soltó que le gustaba escucharme.

Desde entonces cambié: un «¿Vienes a mi casa? Estoy sola» por un «Te amo» cada noche, por un «Baja 5 minutos, que te echo de menos», por un «¿Cómo te ha ido el día?» y mirar a una persona y pensar en la suerte que tienes.

QUÉDATE UN RATO MÁS

Quédate un rato más
mientras nos follamos la mente.
Quédate conmigo después de desnudarme
y desnúdame el corazón.
Déjame conocer cada milímetro de ti;
lo estudiaré con detalle.
Amor, espérame y ten paciencia,
que me cuesta creer.

Quédate conmigo un rato más,
y que, tras terminar, me abraces,
porque no hay mejor sensación
que tu piel sobre la mía,
jadeantes y sudorosos,
mientras me cuentas lo mucho que me amas al oído.
En silencio, grito un secreto a voces:
«Quédate un ratito más».

Cinco minutos más

Somos de coger el coche por la noche e ir a un mirador con dos cervezas, palomitas del microondas y un portátil para fundirnos con las luces de la ciudad mientras vemos nuestra serie juntos. Somos de quedarnos en casa abrazados sin hacer nada ni pensar en nada. Somos de irnos de viaje a esquiar, aunque él jamás había pisado la nieve. Somos de los de cinco minutos más, de los de no te vayas, de los de quédate a dormir, de los de démonos un baño juntos con una bomba de baño de purpurina. Somos de poner voces estúpidas e insultarnos, robarnos ropa y echárnoslo en cara, de pelear y estar abrazados a los dos minutos. Somos de los que se equivocan y se piden perdón, de los que nos queremos bien y fuerte.

Y sí, me enamoré de él, de todos sus lunares, de sus ojos verdes, de sus labios hinchados al levantarse, de su mal genio mañanero y de su necesidad de beber agua durante la noche.

Me enamoré del chico que está tan sumergido en la rutina que se levanta un domingo a las nueve de la mañana, de sus tatuajes y de sus pocas ganas de moverse de la cama, de sus quejas constantes.

Me enamoré del niño que lo pasó muy mal y es desconfiado, del que me roba la comida y me trae paraguas de chocolate cada vez que pasa por una tienda de dulces porque sabe que son mis favoritos.

Me pillé de su rollo *skater*, de su sonrisa y de la vocecita que pone cuando habla conmigo, de sus abrazos fuertes contra su pecho, de su forma de besar, de sus rayadas y de su tristeza.

Me enamoré de sus complejos para intentar que dejaran de serlo, me enamoré de su estrés y de su manía por que todo estuviera ordenado, de su necesidad de planear el día hasta por franjas horarias porque, si no, le estresa. Me enamoré de sus agobios repentinos cuando le abrazo demasiado fuerte y de la forma en la que intenta huir de mis garras.

Porque con él todas las cenas en el kebab de debajo de mi casa sabían muy bien, porque estar a su lado no da miedo, por esa sensación mágica al darle la mano paseando por Madrid.

Me enamoré del chico triste que odiaba a la gente e incluso salir de su cuarto. Me enamoré del desconfiado, del gruñón que tan mal lo había pasado y al que tantas veces traicionaron, y que, a pesar de necesitar tiritas en el corazón, me alegraba un mal día. Del chico de Twitter que, como decía esa canción:

Loco + Loca = Conexión extraordinaria

CONECTAMOS

Conexión extraordinaria,
y desde entonces somos cómplices de miradas
y de esos besos, esos que despiertan cosas
mientras las mariposas vuelan.
Porque nunca fui tan libre.
Ya lo sabes: loco más loca, conexión extraordinaria.
Una parte de mí siempre será tuya
y siempre te llevaré tatuado en el corazón
por todo lo que me enseñaste y por todo lo que me diste. Irrepetible, porque tenías razón.

Mi persona favorita

Porque te llevo tatuado en el alma, porque siempre serás el amor de mi vida. Jamás me olvidaré del mapa de tus tatuajes y de tu vocecita cuando te enfadas. Y, si alguna vez me dejas sola, te buscaré en cada esquina, en cada copa y en cada mirada, porque el primer amor es irrepetible, porque necesito de ti como una droga. Es indiferente cómo acabe nuestra historia. Siempre te llevaré conmigo, siempre serás mi persona y lugar favorito, aunque pasen los años y el recuerdo parezca cada vez más lejano, aunque nos acabemos odiando cada día un poco más, siempre te llevaré conmigo.

SIEMPRE SERÁS

mi persona y lugar

FAVORITOS

IRREPETIBLE

Como esa canción que sonaba de fondo
que jamás volviste a escuchar.
Como cada atardecer.
Como el primer sorbo de cerveza
y el primer beso.
Como el primer buen polvo
y el último café.

Redes.

Mentiras

Y, sin darte cuenta, pasas a ser un número y vas detrás de ellos. Y eso es peligroso.

De repente, tu autoestima y tu felicidad se ven reflejadas en el número de *likes* que obtienes por publicación o por la cantidad de personas que te siguen. Porque, si no formas parte de esto, no eres nadie, nadie.

Porque te ves en la obligación de salir un viernes por la noche, aunque no te apetezca, solo para no ver que los demás sí que salieron; porque hay que publicar algo; por las horas que pierdes en comprobar si sales bien en la foto para que la vean las mismas personas que te siguen cada día.

Porque sé qué hiciste, dónde estuviste y con quién ese sábado por la noche. Yo y otras trescientas personas.

Porque sé la música que escuchas y que te acabas de sacar el carné, y solo te veo de refilón algún que otro jueves en el autobús.

Porque te vuelves adicto mientras te consume, porque borras aquella publicación que no te fue como esperabas y la quieres esconder, como si de un fracaso se tratara.

Porque nadie habla del lado oscuro de estas redes que muchas veces dejan de ser sociales, de hacernos sociales. A veces son redes de la frustración, de la ansiedad y de la poca salud mental que aportan. Porque en realidad da miedo, pero no tenemos otra opción.

Por cada comedura de coco cada vez que veías que alguien había compartido tu historia y por la aceptación social que necesitamos. Porque la necesitas, y yo también.

Porque, ocultos tras una pantalla, todos nos hacemos fuertes y nos vemos con la potestad de opinar de lo que nos apetezca. Porque somos libres de insultar tras un usuario, porque yo también he llorado por esos comentarios destructivos, llenos de rabia.

Es sorprendente que unas cuantas palabras puedan llegar a hundirte tanto, puedan hacer tanto daño, puedan marcarte tanto.

Porque sabes que detrás de ese «usuario3745» hay una persona y no entiendes muy bien su necesidad de destruir.

Y mientras yo desayuno dos galletas y un vaso de leche, hay alguien recordándome ese maravilloso desayuno que toma cada mañana. Y mientras me miro en el espejo veo fotos de chicas perfectas, llenas de Photoshop, que me hacen recordar que, para esta sociedad de mierda, no soy perfecta y jamás lo seré.

Y caí; acomplejada y avergonzada, caí. Y un mal día decidí deformar mi cuerpo en unos píxeles absurdos que me hacían ver algo que no era mío, pero lo sentía como tal. No podía parar: la simple reducción de cintura en una imagen de mi cuerpo me recordaba que jamás sería eso y me obligaba a seguir haciéndolo mientras los comentarios de que mi cuerpo era precioso solo conseguían entristecerme más.

Y empiezas a recibir esos halagos que parece que nos hacen necesitar, pero no es real, y esa sonrisa es efímera y sensacional, para volver a hundirte en la realidad, y al mirarte al espejo recuerdas que no eres eso.

Y acabas viendo que no tienes ese cuerpo y que esos halagos que tanto querías escuchar acaban por destruirte.

Hipócritas

Porque, si dices que te quieres y que eres preciosa, eres una creída y tienes el ego por las nubes. «¿Quién te crees? No eres tan guapa. Pero ¿te has visto?». Eso sí, si no tienes autoestima, «Eres preciosa. Quiérete, guapa».

Porque parece que las niñas «guapas» no pueden tener complejos. Presta atención, porque las palabras duelen y para un «Qué valor tienes para subir eso, yo no podría» hay que tener autoestima. No son cumplidos.

«No me vuelvo a quejar de mi nariz».

«Pensaba que era un filtro».

«Todos sabemos por qué entraste en los comentarios».

Porque parece ser que burlarse del cuerpo de las personas es humor, hasta que te toca a ti.

Como cuando ese profesor se metía con los alumnos para hacer la gracia... Siempre te pareció divertido hasta que la clase se rio de ti.

Nos escondemos tras una pantalla, un nombre de usuario que nos da fuerza y poder. «Libertad de expresión», lo llaman. Yo lo llamo «acoso», porque machacar a una persona diariamente es acoso, porque el humor tiene límites.

Jamás he tenido la necesidad de comentarle nada negativo a nadie ni de mencionar a mis amigas para reírme porque, si piensas durante un instante cómo te sentiste tú por ese comentario desafortunado, no tendrás la maldad de hacer eso. Porque ese día lo cambiaría todo.

Porque las redes me han dado mucho, aunque un día me lo quitaron, pero son peligrosas como un león dormido que, en cualquier momento, puede despertarse sediento de mí.

Nunca más lo volví a hacer, y aunque me costara aceptarlo, la belleza no es única, sino infinita y subjetiva.

Mi león está completamente sedado. Seda el tuyo también.

SIN FILTROS

Y tal vez eso que supone hacernos sociales
solo se convierte en redes
de imágenes que distan de la realidad,
de pieles irreales,
de cuerpos editados,
de opiniones hipócritas,
y sin darte cuenta estás dentro.
Eres un número,
un usuario
y un poco menos humano.

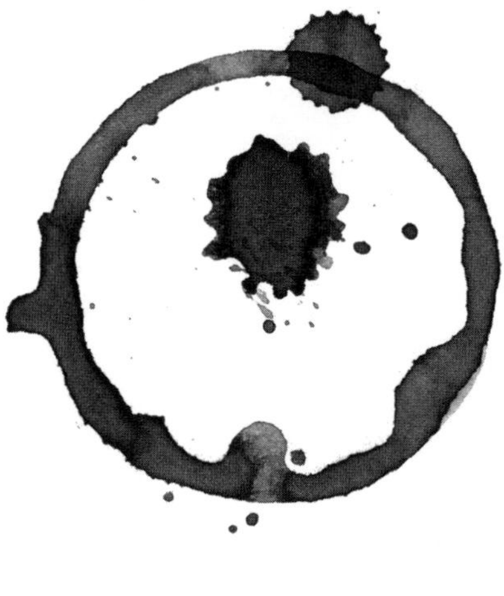

Pasajeros.

Falsos

Te puedes sentir solo estando rodeado de gente. Llevamos muchas decepciones encima que realmente son fruto de esperar de más, porque tendemos a creer que la gente dará tanto como nosotros. Mis primeras decepciones fueron bastante patéticas.

Desde que tengo uso de razón, recuerdo haber entendido el concepto de la amistad, del amor, que dista mucho de lo que han entendido la mayoría de las personas que en algún momento caminaron a mi lado. Ellas vinieron mientras prendían una llama que acabaría por hacer estallar la bomba que, por alguna razón, siempre me acababa y me acaba explotando en la cara. Tras eso se consumían lentamente hasta desaparecer y solo quedaba el dolor de esa mecha que una vez prendió.

Cuando era muy pequeña, mi «primer novio» me cambió por un tazo y la que por aquel entonces era mi mejor amiga prefirió dejarme de lado e irse con otras chicas que no le permitían que me llamase «mejor amiga».

Siempre se repite la misma historia y acabas temiendo que a las personas que siguen iluminando se les acabe la mecha y exploten.

Soy de las que dan la cara por los que importan, de las que defienden a sus amigos con unos valores y principios que me impiden poner buena cara al niño que se ríe de alguien que me importa.

Conozco a pocos como yo, a pocos que valoren la amistad y que sepan dar la cara a pesar de las consecuencias, que prefieran tener una discusión contigo y arreglarlo a dejarlo pasar y alejarse, personas que confían, que no te dejan de lado, que te cuentan las cosas y a las que realmente les importas.

Me he sentido y me siento tan sola… Porque soy de las que lo dan todo, de las que confían a ciegas.

Porque quizá hay personas que están destinadas a enseñarte algo e irse. Quizá debamos decepcionarnos. Quizá en el fondo no sean malos; simplemente, no vieron más allá.

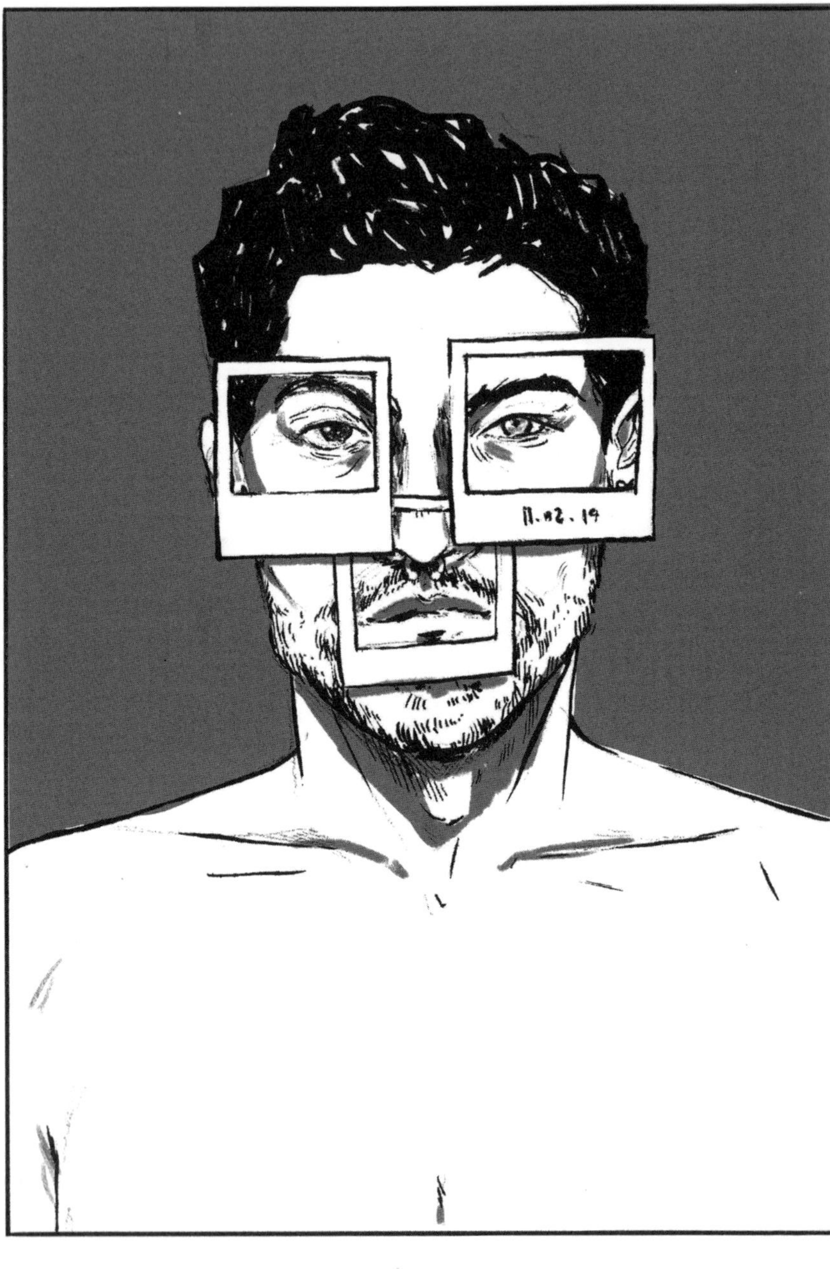
11.02.19

DESCONOCIDOS

Volveremos a vernos, desconocidos,
y lo que antes eran sonrisas
pasan a ser suspiros.
Y un día deja de importar
eso que tuvo tanto significado
y sin quererlo te obligas a olvidar
como si nada hubiera pasado.

Y CADA LÁGRIMA
QUE HE SOLTADO POR CADA DECEPCIÓN
DUELE UN POCO MÁS
QUE LA ANTERIOR

Saco de decepciones

Y con el tiempo deja de doler, y esas semanas que tanto sufriste pasan a desvanecerse. Y a esa persona que creías conocer tan bien apenas la recuerdas. Tal vez no sea malo, tal vez nuestros caminos debían separarse tarde o temprano.

Y cada lágrima que he soltado por cada decepción duele un poco más que la anterior, porque me duele el corazón. No venden tiritas para eso, porque siempre me han dicho que espero de más... Realmente creo que la gente da de menos, y ese es el problema.

Mi saco de decepciones está roto y va manchando por ahí. Poco a poco, intento aprender que eso es lo que distingue a esas personas, a las que verdaderamente quieren caminar contigo y a quien solo se cruza en tu camino para seguir el suyo.

Culpables

De ti solo guardo el recuerdo de lo que un día fuiste,
de lo que un día fuimos.
Me duele olvidarte,
dejará de doler.
Y como amores jóvenes encanto,

si no puedes dormir, no fue por mi culpa,

es porque la culpa te come.

1992
10
JOKER

CULPABLE

Sigo sin saber quién tuvo la culpa.
A ti te ha cambiado hasta la voz
y todavía espero una disculpa,
pero ya de qué sirve pedir perdón.
Todavía se me parte el labio al hablar de ti.
Solías doler tanto...
Aún quiero saber qué es de ti,
aunque me destrozaste, encanto.
Solo espero que me guardes,
aun callada y sin nombre.
Una rosa por lo que fuimos
y un chupito de esos que rascan,
por todo lo que juntos unimos
y todo lo que acabó rompiéndome.
Un beso al aire,
a lo que un día conocí de ti.
Te ha cambiado hasta la voz,
por eso me fui de ahí.
Solo querías contaminarme.

25/02/2017.

Como un rehén

Y dejé de ser un rehén de mí misma, de las opiniones de los demás, de lo que se espera de mí, de lo que me inculca esta sociedad estúpida, de lo que me habían hecho y me había visto obligada a hacer, de lo que me dolía y de mis complejos e inseguridades... Dejé de ser un rehén para ser yo.

Lo único que hice fue cambiar de actitud.

Siempre he pensado que tu forma de vivir, sentir y padecer está estrechamente relacionada con tu actitud. Como aquellos que veían el vaso medio vacío cuando yo lo veía medio lleno. Como esos que siempre pensaban que solo nos quedaba una semana de verano y yo festejaba que todavía pudiera disfrutar de siete días más.

Soy de esas personas que recuerdan cada atardecer y los colores que teñían el cielo, que valoran estar tumbadas con un par de personas que te hacen sonreír viendo las estrellas.

Estoy convencida de que la felicidad reside en las pequeñas cosas, como aquella tarde que nos perdimos en Madrid y ni siquiera nos importó. Aquel primer sorbo de cerveza en una jarra congelada, aquella tarde que, por alguna razón que jamás podré explicar, absolutamente todo me hacía gracia. Por esos abrazos cuando llevas mucho sin ver a una persona o por esos textos cargados de anécdotas en tu cumpleaños.

He aprendido mucho durante este camino. Solo le pido a la gente que me haga reír hasta que no pueda más, hasta que me duela la tripa y solo pueda pedir a gritos que paren, porque no puedo aguantar más el dolor, no necesito más.

Escúchame: siempre, siempre hay algún motivo para sonreír, pero hay que saber valorarlo. Busca tu felicidad: escucha la lluvia estampándose contra el suelo y el olor de la tierra mojada; ve en el bus completamente solo con tu música, pensando en nada; disfruta de los solos en la ducha gritando esas canciones que te traen tan buenos recuerdos; piensa en aquel kebab por la noche que sabe mejor que cualquier otro manjar; recuerda la satisfacción cuando te sale un problema de mates y cuando acabas tu libro favorito y tienes ganas de seguir leyendo...

Piérdete en los detalles, como la felicidad de que te suene el despertador y sepas que puedes seguir durmiendo, cuando estás solo en casa y puedes hacer lo que te plazca, la sensación de enamorarte que te recorre todo el cuerpo o cuando por fin escuchas en concierto a tu cantante favorito.

Aquellas pipas en el banco y ese profesor que siempre te hacía reír.

Para ti, que me lees, escúchame, léeme atentamente y, si hace falta, tatúate esto. Supongo que, si estas leyendo este libro, sabes de sobra quién soy yo. Te voy a explicar cómo conseguí serlo.

Fue ese día que llevo tatuado en la piel.

Ese viernes noche.

Yo también me he mirado en el espejo mientras las lágrimas vacilaban por salir hasta que lo acababan haciendo, hundiéndome cada vez un poco más. Ya lo sabes, yo también permití que comentarios efímeros se grabasen a fuego en mi mente como para recordarlos siempre. También me he hecho y me han hecho sentir insuficiente, me he sentido sola, traicionada e incomprendida, pero el origen de todo aquello que nos consume y nos desgarra está en nosotros, en la actitud que tengas hacia ti mismo y hacia todo lo que te pase. Eso es lo que va a condicionar cómo te afecte todo lo que te ocurre. Desde que cambié mi actitud y me puse por encima de todo y de todos soy más fuerte; y desde que soy más fuerte, soy más feliz.

Desde ese día siempre me han repetido que me había construido una coraza y que simplemente me hacía la fuerte frente a cosas que realmente podían conmigo. Mentira, ese día me hice fuerte.

Me hice fuerte porque entendí que jamás conseguiría caerle bien a todo el mundo, porque por fin comprendí que no podía esperar de la gente lo que yo daría por ellos.

Yo doy la cara por los míos y por las personas que quiero, y jamás he podido entender cómo esa gente que yo tanto quería y tanto defendía no pudiera hacer lo mismo por mí.

Entendí que esta maravillosa y puñetera vida está llena de hijos de puta que no tienen otro nombre, personas sin principios, sin valores, egoístas, avariciosas y envidiosas. Y a la gente mala le va bien, porque no les importa pisar a nadie para conseguir lo que quieren.

Te aseguro que te cruzarás con miles de esta calaña a lo largo de tu vida. Y, como dice una canción que quizá te suene, «la envidia y el rencor solo son veneno».

Entendí que la gente no siempre es como esperas, que hay personas que solo están en los buenos momentos, gente que solo te puede aportar ciertas cosas, pero no más, y gente que es incapaz de meterse en la boca del lobo por ti, pero eso no significa que no te quiera o que sean malas personas, aunque a lo mejor sí.

Tienes que entender quién está y para qué, con quién puedes pasar un buen rato y a quién le puedes contar tus problemas.

Ese día encontré a mi persona, a la que siempre estaría conmigo, a la que jamás me iba a fallar ni a juzgar y que siempre iba a estar ahí para mí. Puede que te suene triste, pero esa persona soy YO.

Y desde que me tengo, soy más feliz. Antes no me tenía ni a mí misma.

Desde ese momento entendí que lo único que podía pedir a mis amistades era que me hicieran reír, olvidar y disfrutar, y que quien realmente iba a solucionar mis problemas era YO.

Aprendí a no ser rencorosa, a olvidar y a perdonar, a seguir dando el cien por cien de lo que soy aun sin recibir nada a cambio, porque soy auténtica. Y aunque me lleve un par de decepciones y comeduras de cabeza de vez en cuando, me hacen ser verdaderamente YO, sin condicionarme el resto.

Aprendí a ser leal con los demás y conmigo misma, a respetarme a mí y mis principios. Y eso, créeme, dice muchísimo de una persona.

La autoestima y la seguridad en uno mismo es de lo más atractivo que puede tener una persona, y es lo que me hizo cambiar a ojos de los demás. Con la misma cara, pasé de ser la empollona de la clase a que todos esos que se reían de mí me pidieran el número.

Busqué ropa que me favoreciera y que me hiciera sentir la diosa que soy. Entendí y valoré mis virtudes, y acepté mis defectos.

Desde ese momento, no me volví a decepcionar y nadie volvió a decepcionarme, o eso intento. La gente que me aportaba más de un buen rato y me hacía reír me sorprendía y me di cuenta de quién iba a estar conmigo al pie del cañón y de quién estaría abajo, dándome la mano para apoyarme tras la batalla.

Tardé mucho en entender que YO y solo YO soy la puta protagonista de mi vida, y que la gente que forma parte de mi vida, los llamados actores secundarios, jamás podrían opacarme, porque son solo eso, secundarios.

Suena egoísta, pero tuve que pensar en mí. Por primera vez pensé en mí y en lo que me hacía feliz. Desde entonces, y sin esperar nada de nadie, dime: ¿quién me iba a decepcionar?

Cuesta comprender que existan personas malas en el mundo, pero las hay: se aprovechan de ti, se ríen de ti y quieren verte hundida. Siempre lo habían conseguido, hasta que vi las cosas así.

Esa persona que con un comentario de mierda te ha hecho tanto daño, ha tardado cuánto, ¿quince segundos en decirlo? Jamás pueden quince segundos opacarte un día, una semana, una vida.

Cuando ves esto, te das cuenta de que realmente muchas veces los personajes secundarios nos han quitado el protagonismo de nuestra historia. Y YO me negué. No iba a hacerme daño una persona que, al fin y al cabo, necesita ver hundida a otra para sentirse mejor. No me dio la gana de darles el gusto.

Desde ese momento, miles de personas me han preguntado cómo soy capaz de aguantar eso, que no me afecte absolutamente nada de lo que digan, piensen o difamen sobre mí. Es muy simple: decidí que personas vacías no iban a robarme el protagonismo y aprendí a ver siempre el vaso medio lleno.

Nunca me ha gustado el victimismo. Sinceramente, creo que te lleva a ser infeliz toda la vida, así que aprendí que, en los peores momentos, debo valorar lo que tengo, a pesar de que se me pueda estar cayendo el mundo encima, a pesar de que todo el mundo me odie. YO estoy siendo YO, rodeada de gente que me hace reír. Mi familia estaba bien y YO por fin soy YO, la verdadera YO. ¿Qué más puedo pedir?

Respecto a la autoestima, tengo que decir que darme cuenta de que era bisexual fue un gran paso porque, en lugar de envidiar a las otras chicas, podía tenerles ganas. Estamos en una puta sociedad en la que los cuerpos no normativos se repudian, así que me hicieron odiar mi cuerpo.

Cuando salí al mundo real y vi cuerpos reales, cuando empecé a explorar mi sexualidad y vi que gustaba igual y que eso era irreal, empecé a verme y a sentirme como la diosa que llevaba dentro. Todavía recuerdo aquella charla en la que desperté de esa pesadilla, cuando me di cuenta de que no solo eres atractivo por tu cuerpo y que, aunque no tengas el cuerpo más «bonito», sigues gustando.

Esos complejos que tanto nos azotan no existen. Solo los vemos nosotros y, cuando dejas de verlos, desaparecen.

Aprendí a estar sola y a estar bien así, a decirme todos los días al espejo lo guapísima que era y lo mucho que valía. El fijarme solo en lo que me gustaba hizo que todo aquello que no aceptaba desapareciera. Perdí la vergüenza y empecé a sonreír.

Sé que como consejo es una mierda, porque no te vas a levantar un día y ¡PUM! «Me quiero, soy perfecta o perfecto».

La gente me pregunta cómo puedo ser así y me admira por haberlo conseguido.

Soy fuerte porque me hice fuerte, y como recomendación te pido que siempre te digas cosas bonitas, que intentes potenciar las partes de tu cuerpo que más te gusten, que cuando te digan que estás preciosa te lo creas, que dejes de compararte, que la envidia es veneno y uno la lleva dentro, que te centres en ti y en tu felicidad, aunque dejes a personas por el camino.

Si estás bien contigo mismo, es fácil ser feliz.

VENENO

Ese veneno que llevo dentro,
que llevamos dentro,
que te envenena poco a poco,
cada vez más rápido,
cada vez más fuerte,
siempre te hará correr detrás.
Abre tu senda.

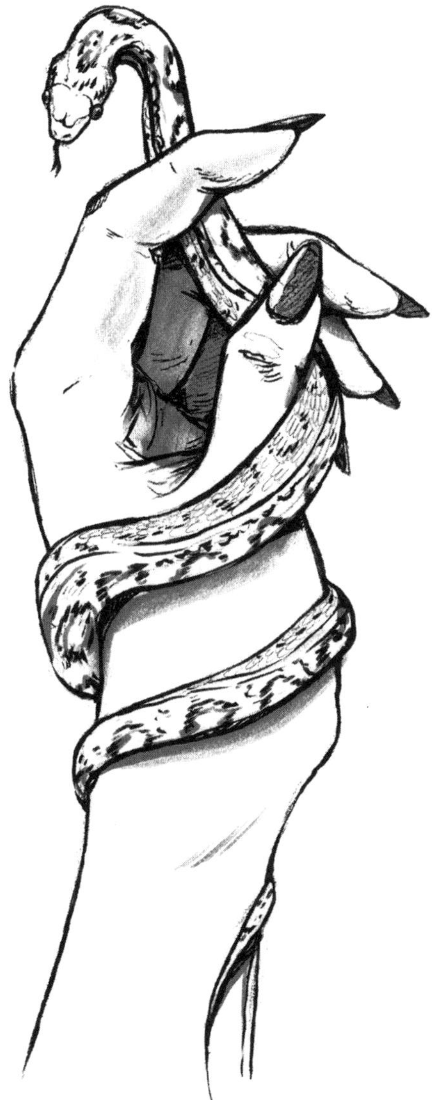

Ahora sí

A partir de ese día mi vida cambió en absolutamente todo. La ciudad entera empezó a verme como quien era, comencé a hacer amigos a mansalva, a ligar como y cuando quería, y a ser sumamente feliz, todo por un cambio de actitud frente a mí, a los demás y a mi propia película.

No estás sola (ni solo). Yo he pasado lo mismo que tú. Nadie nace fuerte, pero aprende a serlo; sé de una puta vez por todas el protagonista de tu vida.

Habrá gente que camine a tu lado, personas que vendrán y se irán, efímeras. Pero te juro que la única persona que siempre estuvo, que siempre ha estado, que siempre está y que siempre estará eres tú.

Por eso te necesitas,

por eso eres tan importante.

Haz que la tuya sea una gran película.

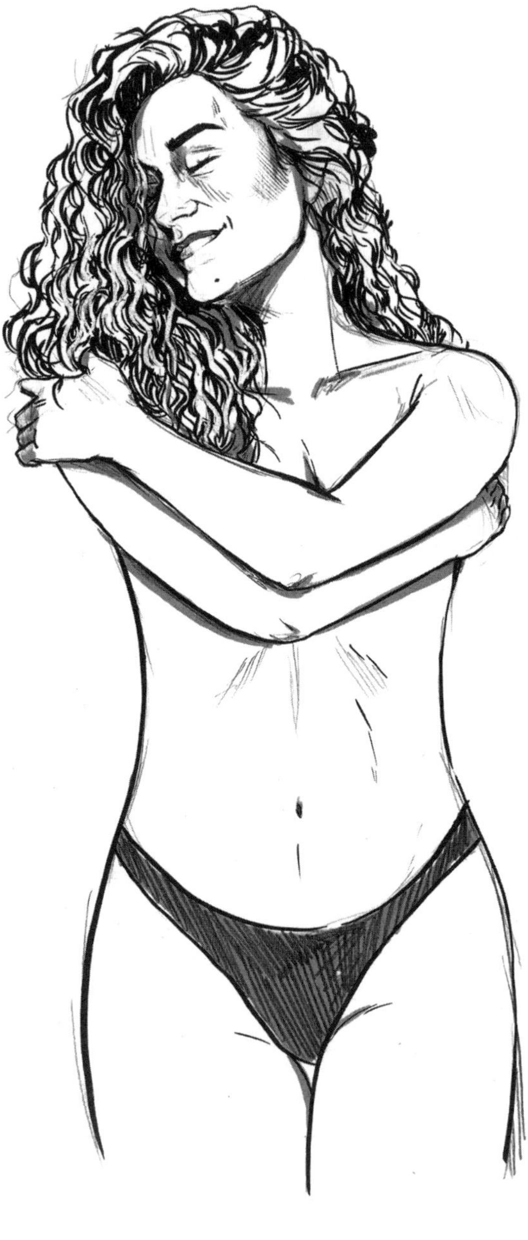

VIVE

Vive una vida que quieras recordar,
y que eso que tanto hablan de perder solo te haga ganar,
que las cosas que te impiden ser lo que quieres hoy no lo hagan mañana.
Porque ya da igual quién cojones tuvo la culpa,
porque más de una vez vomitarás las mariposas del estómago,
te decepcionarán y también decepcionarás.
Ya es tarde para pedir perdón.
Cásate con tu desastre,
con tu contradicción.
Vuelve a reír desenfrenadamente,
ponte tiritas en el corazón.
Porque, tal vez, las tinieblas que te molestaron anoche solo sean fantasmas a la luz del sol.

AGRADECIMIENTOS

Gracias a mi familia por estar siempre allí, en especial a mis padres. Bendita la paciencia que tienen para aguantarme y ayudarme, apoyarme y cuidarme siempre, pero sobre todo enseñarme. Soy quien soy gracias a ellos.

A ti, Gabriela, por inspirarme tanto.

Gracias a todos mis amigos que siempre han estado aquí. Me habéis inspirado y enseñado tantas cosas... —vosotros, por encima de todas las cosas—. Gracias también a los que han formado parte de mi proceso. Siempre os llevaré, aunque sea como enseñanza.

Gracias a vosotros, que hacéis que todo tenga sentido. Os estaré eternamente agradecida. Me habéis enseñado, cuidado y acompañado. Cuando publique este libro hará algo menos de dos años. Sois maravillosos y este libro es gracias a vosotros, por y para vosotros. Espero no haberos decepcionado. La Marina de estas líneas puede ser bastante diferente a la que siempre veis en las redes. Esta también es Riverss.

Os quiero

siempre y mucho.

Utiliza estas páginas
para DESAHOGARTE: